KB060173

청어詩人選 360

순수의 기억

최대승 시집

청어

순수의 기억

최대승 시집

시인의 말

버리지 못하고 안고 가는 게 있다
버려지지 않은 삶의 흔적은
지금의 나를 만난다

만나고 헤어지는 것들은 기억이다
어제의 기억도 내 것인 오늘도
내일을 위해 자리를 내줘야 한다

뒤죽박죽 얽히고설키는 순수의 기억
내 자신임이 분명하다

순수를 위해
나는 또 걸어간다

2022년 가을
금강에서

차례

제1부 모름지기

제2부 순수의 기억

제3부 나이테

제4부 강과 나무

제5부 순환

제1부

모름지기

이 길이 있었고 저 길이 있었고
기웃거린 길 있었다
후회하지 않았다

참

참이라는 말은 진짜라는 말이다
나무에 참을 붙이면 참나무
꽃에 참을 붙이면 참꽃
나물에 참을 붙이면 참나물
마음에 붙이면 참마음
하늘에 참을 붙이면 푸른하늘 되는 거다
너에게 가는 사랑은 참사랑
가장 큰 참이 붙는다
사람아, 마음 들뜨는 오늘은 참이다

모름지기

아이야,
너의 눈을 바라볼 수 있어 좋다
빛이 바래 흐려졌어도
너의 눈을 올바로 볼 수 있어 좋다

어느 날 눈이 힘을 잃은 것을 알았을 때
당황하는 모습이 씁쓸하여
먼 하늘 올려보곤 했었다

아이야,
싱그러운 너의 모습을 본다
티 없는 순수를 본다
걱정 하나 없는 해밝은 웃음을 본다

힘 잃은 눈이라도 나는 좋다
너의 눈을 바라보아
사랑의 마음이 솟아남으로
살아온 날이 이 순간에 머무름으로

눈웃음

보일 듯 말듯 구름 뒤 숨은 햇살
은빛으로 오는 날
잘 보이냐고 묻는 그대를 소환한다
어쩌다 잘못 보는 때도 있지만
자기 얼굴은 분명하게 보인다고
진달래 같고 벚꽃 같고
목련 같은 모습
환하게 보인다고,
빙긋이 웃기만 하는 그대를 소환한다
낮달 희부연 떠 있는 하늘
구름은 먹장 풀어 햇살을 내민다
그래, 지금 나는 반 감긴 눈이지

장미薔薇

그 먼 날 지워지지 않는 아픔이 있어
오직 하나만의 상념으로 토해내는 꽃잎
끓어오르는 빛깔,
검붉은 피멍 뚝뚝 떨어져 뒹군다 해도
끝끝내 간직하고야 마는 가시 끝
천길 깊은 사모의 정
차마 감출 수 없는 그리움이 치올라
핏빛 가슴이 된다
다시는 보지 못한들 어떠하리
어김없이 그대 기억하여
활활 타오르는 뜨거운 그리움
눈물 없이도 그 한 날, 그날은 추억하리니
뜨거운 몽유夢遊,
달빛 설운 밤이면 더욱더
가슴으로 참아내는 적벽의 눈물
오늘도 절절 끓는 가슴 숨겨두어야 하는
나의 밤은 차갑다

인연의 끈

본디 정해진 길이였으면 당연한 연줄이겠거니
걸어온 길이 다르고
익혀온 게 다르고
몸에 밴 것이 달라 상처기가 나기도 하지만
마력처럼 끌려가는 동행
가지 않은 길이 아쉬움으로 남고
다른 길로 갔으면 하는 상상도
무던하게 노력했기에 충분하다고 하는 자위도
허울과 같은 것임을 안다
짧으면 늘이고
길면 줄이면 된다는 허세도 나는 안다
어디서 이어져 왔고
어디까지 연결되어 있는가
산과 물이 어우러지듯
흙과 꽃이 숨을 나누듯 그러할 일이다
내가 너의 눈을 보듯이 그러할 일이다

두서頭緒없는

이건가 싶으면 저것인 거 같고
저것인가 싶으면 저것이 아닌 것 같은
앞이 어딘지 뒤가 어딘지 확실히 알 수 없는 그런 것

내가 하는 말이 꼭 그렇다
그렇다고 알맹이가 없다는 말은 아니다
콕 짚어 말하지 않아도
이것을 말하고 있구나 느끼게 되는
모호하지는 않다는 얘기다
알맹이 없고 중심이 없는 우유부단은
나에게 딱 맞는 말이다

지금 이 순간은 살아있음이다
순간순간 매사 즐거움이다
앞뒤 없이 툭 던지는 한마디가 아차 싶을 때
속으로 삼키는 실소를 나는 안다
분명한 것은 네가 하는 말을 나는 끝까지 듣는다는 것이다

봄바람 2

흔들리는 갈대였을 때
바람으로 다가와
봄이에요 살짝 말하곤 가버렸지
그래요? 정말?
대답도 전에 어느새 저만치 가버렸지

홀대처럼 서 있고
까닭 없이 흔들리고

너는 이미 와 있는 봄이라는 걸
그제야 알았던 거지

흔들리는 바람은 봄바람이었던 거지

풀꽃에 경배하며

거인 나라 트롤은 무슨 의미를 갖는 걸까
잔망한 풀꽃 하나하나 이름으로 살고
희귀목 우뚝 자라는 동산 평강랜드
허리 굽혀 꽃을 본다
작은 꽃 하나 큰 꽃 하나 시드는 꽃 하나
씨앗을 품은 꽃 하나
저절로 눈을 굽힌다
'마음을 쉬게 해주세요' 의미를 알겠다
할 일도 많고 해야 할 일도 많고
미련으로 남는 것 많아 안달하는 마음
나무에 꽃에 풀어놓는다
마음 예쁜 사람 조곤조곤 깨워주는 풀꽃
내게로 와 꽃이 된다
노각나무꽃 한 송이 가슴께 대어본다
꽃송이 가슴에 피운 나는 노각나무
바람이 되어가고
푸르른 동산 되어가고

시인의 언덕에서

자하문 건너 윤동주문학관 들르거든
시인의 언덕 올라 바람이 되자
잎새 흔들리면 마음 부스러기 부여잡고
한 점 부끄럼 없기를 다짐하는
동주東柱가 되자
청춘을 그리워하자
밤하늘 스치는 별을 그리워하자
살아있는 모든 것을 사랑하자
묵직한 시비 어루만지고 하늘을 보자
인왕산 눈이 시리거든
북악산 아래 경복궁을 보자
그래도 시리거든 먼 눈빛
남산을 그리워하자
마음 깊이 흐르는 은빛 눈
은별을 그리워하자

구월은 가고

구월이 오면 가을이 오고
가을이 오면 사랑이 오는 줄 알았다

여름에 떠난 사람
가을이 오면 오는 줄 알았다

유난히 맑은 날
뭉게구름 이렁저렁 얼굴 바꾸는 몹쓸 날

하늘 가득 피는 사람 구월은 가고
가을 산 단풍 들겠다

찬바람 불면 돌아오는 줄 알았다
발 닿는 데까지 가다가 돌아오는 줄 알았다

구월은 가고
단풍 들겠다

단풍꽃

붉게 타는 것은
하루를 태우는 노을이라 하자

태울 대로 태우는
자유라 하자

그리하여
소지燒紙 없는 영혼이라 하자

사색을 한다는 것

사색한다는 말은 과분한 말

명상가도 철학자도 아닌 내가 사색이라니

어불성설 아니겠나

그냥 생각에 잠긴다

어줍은 풍경으로 강을 보고 산을 바라본다

마른 풀섶에 앉아 생각에 잠긴다

생각이라는 거

하면 할수록 꼬리에 꼬리를 물고 주렁주렁 달려와

결론 없는 아우성이 되는 그런 거

좌충우돌 쌈박질하는 혼탁한

영혼 같은 거

아우성치던 잡것들

싸움질하던 조바심은 사라지고

잔잔한 호수처럼 가라앉는 나를 만나는 것이다

흐름 멈춘 강을 만나는 것이다

강가 풀섶에 앉아

깊은 사색을 하는 듯 생각에 잠긴다

시작

출발선을 나선 게 늦었다 해도
달리는 것은 똑같은 거라 여겼다
팔팔할 때 온몸을 살라 열과 성을 다한 게
자랑이 아니라면 삶은 무슨 소용 있을까

살아가는 일이야 천차만별
옳고 그름의 잣대는 단정 지을 일 아니다

설계하고 선을 긋고 깎고 조이고
틀림없이 돌아가는 기계는 분신과 같다
배운 게 도둑질이라고
들어선 길 죽자사자 뛰었다

이 길이 있었고 저 길이 있었고
기웃거린 길 있었다
후회하지 않았다
스승님 남겨주신 낡은 시집 하나 꺼내놓고
돌의 연가를 부르고 하가를 부른다

고요하다
스승님 가신 날처럼 고요하다

출발선에 선다
수국이 하얗게 피었다

갈대꽃

바람은 아는 것이다
살랑살랑 허리를 흔들고 머리를 풀다
감춘 가슴 주저 없이 내주는 것을

피할 수 없는 운명이 온다

바람과 나,
질펀한 혼열의 신음
순응의 법칙 같은 무결한 어우름
푸릇한 청춘일 때는 잎새 비벼 그리했었다

절정이 온다
메마른 허리를 핥는 바람
반항아처럼 가장 큰 몸짓으로 흔들어 준다

바람이 간다
뒤도 없이 가버리는 바람
나는 우두커니 서 있는 무념의 혼

푸른 열정

몸부림치는 퍼덕임은
자유로운 너의 몸짓
솟아오르는 날렵한 비늘을 누여 비추고
머리부터 꼬리까지
꿈틀거리는 너를 만난다
수초 사이를 유영하는 거친 물살
강물은 신바람이다
앞에서 옆에서 또 옆에서
싱싱한 생명을 열연하는 아침 태동
꿈틀거리는 청춘이다
아무렴, 그런 날이 내게도 있었느니라

제2부

순수의 기억

잠들었으면
조용히 묻혀 잠들었으면
삶의 끝자락까지 묻고 잠들었으면

순수의 기억

까르르 웃었을 것이다
웅얼웅얼 나만의 언어로 소리 내고
울기도 하고 뒤집기하고
발버둥 치다 기기도 했을 것이다

어느 날 엉거주춤 일어서고
뒤뚱뒤뚱 걸었을 때 어떤 표정 지었을까?

좋거나 싫거나 놀거나 배고프거나
웃거나 칭얼거리거나 전부인 아가
허겁지겁 엄마 젖을 물어가는
천진난만 웃는 아기를 기억한다

아니다,
기억의 시작은 도랑물 흐르는
앞만 보고 뛰어가는 골목부터다
그저, 뛰어다니는 것이 전부였던 그 골목

엄마

첫아기 보듬은 엄마는
온 세상을 얻은 게 분명하다

첫사랑 둥근달로 차오르고 첫울음 소리
온 마음 사르르 녹았을 테니

초롱초롱 눈동자
참세상 품으로 왔을 테니

엄마가 웃는다
아기가 싱긋 웃는다

산촌

아이는 뒤편 툇마루
곤히 잠들고
지붕에는 박 하나 늘어져 있고

뒷동산 지저귀는 산새 소리
나무 쪼는 딱따구리 소리

논밭 일터 모두 나가
텅 빈 산촌
매미만 울어댄다

알알이 속 채우는 텃밭 옥수수
도야지는 땅을 헤집어 파고
장닭 두 마리 목깃 세워 푸드덕 이고

돌담 옆 붉게 익어가는
토마토
탐스런 가지

아이는 곤히 잠들어 있다
누렁이도
잠들어 있다

오동잎 축 처진 한낮
둥실 두둥실
한 다발 떠가는 뭉게구름

바람도 하릴없이
졸고 있는
하오

뒷동산 접동새

깊은 산골 호롱불 밝힐 적
초가지붕 위로 둥근 달이 뜨면
산동네 곤히 잠들 적

할머니는 토닥토닥
손자를 재우고
아득히 들려오는 뒷동산 새 우는 소리

자장가 들렸지
할머니 손장단 같던
끊길 듯 이어오던 꿈결 소리

분교에서 본교로

산마을 시골 학교 개구쟁이 아이
일학년 이학년 열댓 명
한교실 앉아
한 선생님께 배우지
기역니은 디귿 리을 아 야 어 여
가 나 다라 일 이 삼사
순이 철수 바둑이
참새처럼 조잘조잘 따라 하지
노는 것이 더 좋은 산골 아이
삼학년 되면 십리 길 걸어 본교로 가지
멀고도 먼 십리 길
엄청나게 큰 학교가 내 것이 되는
우쭐하게 걸어가는 등굣길
신작로 플라타너스는 얼마나 넓고 컸던지
6학년 형을 쫄래쫄래 따라 아이가 가지

하굣길

징검다리 건너 산으로 가지
산 정상을 넘으면 산 중 집 한 채
우물물 한 바가지 하늘을 심어 놓지
시시덕거리는 장난기
하얀 돼지 신기하게 바라보지
푸른 산이, 구름이, 바람이 제멋으로 오지
산길을 달리지
마을이 보이면 신이 나서
야호, 메아리 불러오지
산은 꿈을 꾸게 하지
상상의 나라로 데려가지
들뜨게 하지
메아리 들려오면 창공을 내달리지
산 위로 산새 한 마리 날아가지

매미

가장 순수한 몸으로 인내하고
우렁찬 소리를 토해내는 거다

자신만의 빛깔로 보란 듯이
세상을 호령하는 거다

타협하지 않는
순수의 울림

숲을 뛰놀고
숨넘어가는 짜릿한 사랑가

여름날의 추억을
나무 그늘에 묻는 거다

미련 없이
자유를 찾아 떠나는 거다

반딧불이

적상산 산중은 첩첩
드리우는 적막

산새도
풀벌레도 숨 놓고
잦아드는 즈음

나무 샛길 바위 샛길
겨우 뻗은
산중 길

하늘마저 묻혀가는 숲속
스멀스멀 길은 숨고
땀 배는 등줄기

일순
돋는 닭살
쭈뼛쭈뼛 곤두서는 머리칼

아, 술렁술렁 흔들리는
빛무리 무리
무리

산중 숲은 어느새
춤추는
자수정 화원

길이
열린다
산길이 열린다

적상산 숲길

산속 숲길을 걷는다
변함없는 길
숲길을 걷는다

파란 하늘 구름은 떠가고
나뭇잎 사이 햇살
반짝이는 한가한 숲

근심 없이
편안히 마음 누이면
한 마리 나비 가벼운 날갯짓
키 큰 나무 앉았다 숲으로 흐르고

꿈꾸던 날들을 아깝게 내려다본다
내 놀던 마을은
산속에 묻혀 있다
그림처럼 여전히 묻혀 있다

산사야색 山寺夜色

끊길 듯 들려오는
소쩍새 소리

밤은 깊어 촛불만 타고
문풍지 흔드는 풀벌레 소리

은빛 하늘
질러가는 은하수

몸서리치는
별빛, 쏟아져 온다

별빛만
쏟아져 내린다

들꽃

초점을 잃어버린 채 숨죽인 동공
눈 굽혀 너를 본다

바람이고 싶다
아주 멀리 너의향 실어 날라
초련初戀의 향수 젖어
그렁그렁 이슬 맺게 하고 싶다

잠들었으면
조용히 묻혀 잠들었으면
삶의 끝자락까지 묻고 잠들었으면

하나 되어 흘러도 좋겠다
파릇파릇 샘물로 솟아
자그마한 봇물 잠시 어울리고
평정의 호숫가 잠겨도 좋겠다

손끝마다 전율하는
갸름한 떨림
오감이 흔들려 숨이 막힌다

산 그림자에 너를 묻는다
아늑한 공간
꿈속으로

산중 새벽

꿩 울음 반추로 달려와 잠을 깨운다
부스스 방문 열면
아스라한 동천
한겹 한겹 어둠을 걷어가고

기지개 켜는 잣나무
졸졸거리는 개울물

적상산 안국사
일천 산정 구름 산안개
잣송이 스며가는 풍경 소리

붉은 동녘 펼쳐놓고
안개 거둬가는
새벽이슬 바짓단 스며든다

꿈이다
숲으로 나아간 길은 꿈이다

산 그리고 구름

구름이 산허리 휘감아 흐르고 있다
미끄러지듯
허리를 흐른다

운무雲舞 그리하여 산무山舞

산이 눈을 감고
촉촉이 젖어 간다

구름이 산에 안긴다
산이 구름을 안는다

구름이 산을 안고 간다
구름에 안겨 산이 흘러간다

어우러진다
산 그리고 구름

순둥이

아지랑이 살랑거리는 날
봄바람 난 처녀는 서울로 가고
파랗게 일렁이는 둔덕 배기
속 빈 나무 새싹을 꿈꾸듯
보지도 못한 서울을 땅바닥에 써놓고
애간장 알록달록 뿌려놓고
파릇하게 고개를 쳐든 보리밭만
애꿎게 짓밟는
죽어라 밟아대는 산골 아이

촌놈

서울 가던 날

산 냄새 풀 냄새
땀 냄새 데불고 살았지
십리 길 걸어 버스 타고 또 타고
완행열차랑 할머니랑 서울 가던 날
신바람 나서 떠난 첩첩 산골
산이 달려오고
냇물이 달려오고
들꽃 무시로 달려오고
뭉뚱그려 묻어버린 서울 바라기
적상산 큰 바위 떨궈두고
왈패 짓거리 받아주던 친구 떨궈두고
서울놈 되고 싶은 산골 촌놈
서울역 내렸지

할무이, 여기가 서울인갑다

버리지 못한 얘기

라디오 드라마는 심장을 졸여놓고
하루를 기다려야 하는 졸임은 추측을 불러
이러겠지? 저러겠지? 갑론을박 나서는 사립문
흙 돌담 삐죽거리는 얘기

초가지붕 하얀 박 움푹 들어가도
틈 사이 드나드는 참새 얘기
호롱불 두런두런 꽃피는 얘기
가을 녘 누렇게 익어가는 벼 사이 메뚜기 잡으러
숨죽이고 다닌 얘기

논두렁길 음매 음매 걸으면 딱딱 딱 날아가는 방아깨비
소고삐 외양간 묶어놓고
땅거미 어스름 내려앉는 툇마루

상차림은 풀떼기
열무김치라도 있으면 성찬인 얘기
버려지지 못한 순전의 얘기
내 것인 채 살아가는 전설의 얘기

제3부

나이테

연등 밝힌 산길을 걷는다
숲은 새를 불러 꾸짖고
반성은 또 다른 반성을 불러 꾸짖고

세욕洗慾

주는 것 없이 하나를 얻으면
또다시 받기를 바라는 욕심
그렇게 살면 안 된다는 것을 알면서도
뒷전으로 미뤄 두었다

연등 밝힌 산길을 걷는다
숲은 새를 불러 꾸짖고
반성은 또 다른 반성을 불러 꾸짖고

마음 숙여 조아린다
한 바가지 한 바가지
또 한 바가지 씻고 씻어내면서

해바라기

무리 진다는 것은 외롭지 않다는 거다
하나로 피고 하나로 빛나고
한 결로 맺히는 종족
끝내 고개 숙이는
무한한 집중

너에게 가는 속도

너에게 가는 속도 무한 광속
단숨에 달려
이미 네 곁에 있음을

붉게 물들어
온통 타들어
남김없이 산화되었음을

저 너머 산비탈 물들어 가네
저 너머 서녘 하늘 물들어 가네

너에게 가는 속도
무한 광속
이미 네 곁에 있음을

웃으며 살아가는 나무

살아가는 것은 내 몫이나 내 것이 아닌지도 모른다
나고 자라고 성장하며
내 맘대로 해본 일이 얼마나 많았던가
시류에 흐르고 밀려와 여기에
와있는 것은 아닌지
어찌어찌 살다 보니 이 자리까지 온 것은 아닌지
가보지 않은 길 미련이 남아
가정과 가정을 반복하며 살아왔다
어느새 이 자리가 익숙해진다
반전과 반전을 거듭한 롤러코스터
자신감과 자만심은 내 것이었다
후회는 후회를 낳고
의욕은 새로운 용기를 얻는 법
가끔은 뒤돌아보며 살기도 해야 한다
보란 듯이 웃으며 살아야 한다
주술처럼 뇌인다
이만하면 된 것이라고
이만하면 살만한 가치가 있었다고
작은 나무 하나 웃으며 산다

나이테

내 안에 나이테가 자란다
아니다, 나무 닮고 싶다고 자랄 리 없다
가지 뻗을수록 커가는 나무
묵묵한 수행을 어찌 견줄 수 있을까

어릴 때는 얼릉 나이 먹고 크기를 바랐다
나이가 들면 옹골차지는 줄 알았다
커가는 나이가 나이테라면
내 몸에도 둥그런 나이테가 있어야 하는 거다

오장육부 훑어보아도 어림없는 나이테 흔적
줄기 하나 자라지 못하는 내 몸 어디에도
둥그런 아량은 한치도 안 보인다

내 몸에도 자랐으면 좋겠다
둥글둥글 나이테

물비린내

비린내는 늘 축축하다
언제쯤 툭툭 털어버리고
개운한 햇살 맞을 수 있으려는지

산을 할퀴고 도려내고
들을 휩쓸고 가던 넋 빼놓은 수괴
몇 날 며칠 퍼붓던 장마가 지나간다

배롱나무 붉은 꽃 피웠다
수국꽃 빗방울 머금은 아침
하늘 달리는 순수를 만난다

산다는 것은 똑같은 것
너나 나나 사는 것은 한 번이지 않은가
바람이 불어온다
물비린내 바람이 쓸어 간다

비밀

걷는 일이 쉬운 적이 있었던가
자유를 자유로 즐긴 적이 있었던가

느낌을 느낌으로 받아들이지 못하던 때가 있었다
귓속을 울리는 소리는 천공이라 여기고
무시해버렸다

창졸간 꺼지는 빛
풀잎처럼 주저앉는 몸뚱이를
알아차리고서야 알았다
나는 내게서 사라져 가는 것을

손도 다리도 힘이 가지지 않았다
혀는 굳어지고 다리는 펴지지 않았다
목발에 의지해 복도를 왔다 갔다 해야 할 뿐
생각은 입안을 맴돌고
입술은 굳게 닫힌 바윗덩어리였다

아내를 의지해 동네를 걷는다
비껴가는 사람은 나를 알 리 없다
내가 그들을 모르듯 그들은 나를 모른다
얼마나 다행한 일인가

바람은 항상 앞에서 불어온다
입안을 바둥거리는 생각은 천리마로 달려도
속내는 꼭꼭 숨겨야 한다

십 년이 넘도록 보이지 않게
절름발이로 나는 걷고 있다

옥상 텃밭

언제부터인가 추석날은
비워진 한구석을 바람이 채운다
남산을 넘어오는 햇살이 눈 부시고 빛나도
비워진 구석은 빛이 들지 않는다

남산타워 훤히 보이는 어머니의 옥상 텃밭
봄부터 한여름 풍요로웠고
토마토 주렁주렁 열린다
햇살 뿌리면 빨간 고추 윤이 나고
부추며 가지, 노랗게 익어가는 늦은 참외
고구마 저 홀로 커간다
떠난 사람은 저렇듯 흔적을 남기고
어머니는 일상의 낙이 된다

아침햇살 달려오는 옥상 텃밭
무뚝뚝하게 시침 뚝 떼도 버리지 못하는 텃밭
더없이 높은 하늘 깊어가고
베어진 한구석 바람이 스쳐 간다

이른 감기

찬바람이 훅 들어온 날
따뜻한 커피 한 잔이면 아무 일 없으리라 믿었다
집에 오는 길에도 조금은 으슬으슬했지만
그러려니 하고 무심히 넘어갔다
몸이 춥다고 느꼈다
맑은 콧물이 나오기 시작했다
상관없는 침입자
이제 겨우 가을 초입인데 벌써 찾아오다니
연례행사처럼 치르는 나만의 전투
가을을 넘기고 겨울을 넘길 생각이 두려워진다
일주일이 지나간다
여전히 몸이 무겁고 몸살기는 사라지지 않는다
밤새 비가 내리고 있다
번개가 번뜩이고 우르르 비가 쏟아진다
밖으로 나가 비를 맞고 싶은 욕구를 누른다
비를 좋아하는 그대를 소환한다
이 밤 나는 콜록거리고 무거운 몸뚱어리
어렴풋이 아침이 밝아온다

산골 밥집 채옥산방

지리산 팔랑마을 억새집엔 채옥 씨가 산다
일흔일곱 할멈이 산다

피아노 건반에 도레미파솔라시도 써놓고
고향의 봄을 연주하는 할멈
Ａ Ｂ Ｃ Ｄ 영어도 배운다
써먹을 데 없는 것을 자랑하고 산다

먹구름 밀려오는 지리산
폭포로 쏟아지는 빗줄기 숲으로 울던 지리산
먹구름 가고 갈잎 물드는데
코스모스 하늘거리는데

팔랑마을 채옥 할멈
주름 데리고 산처럼 산다
그냥 씨익 웃으며 억새로 산다

홍시 익어가는 지리산 산골 밥집
채옥산방茱玉山房

속이 꽉 찬 늙은 호박 같은
청상과부 씀바귀로 넘은 지리산 할멈
팔랑마을 억새집엔
꾹꾹 눌러쓰는 일기마다 시가 되는 할멈이 산다

짜장면

짜장면 허투루 보지 마라
양배추 양파 감자 당근 설겅설겅 썰어 볶고
돼지고기 달달 볶아 노릇노릇해지면
쓱 넣는 춘장
감자전분 조금 물 조금 넣고
설탕 적당히 넣어 자작자작 불맛 들이면
걸쭉한 짜장 소스 되느니
우동 사리 끓는 물 데쳐 그릇에 담고
얹어주는 짜장 소스 한 국자
아랫배부터 심장까지 요동치는 욕구는 머리를 흔들고
침샘이 뿜어내는 침은 입 안에 고이다 꿀꺽 넘어가고
찰싹 붙어오는 어린 시절 첫맛이 달려오고
온몸이 전율하는 감각이 혀끝을 질투한다
지상의 마지막 음식을 선택하라면
주저 없이 고르고야 말리라
연하고 달콤한 맛,
짜장면 허투루 보지 마라

사랑의 온도

철의 용융점은 천사백도
물은 백도가 되면 소리도 멋지게
끓기 시작하지

당신 체온은 삼십 육 점 오도
내 몸은 끓어 재가 되지

겨우 삼십 육 점 오도
작은 몸이 내는 소리에도 주책없이
허물어져 버리는 심상의 벽

이제는 철이 들 때도 되었건만
살아온 날들만큼이나 묵직해졌건만
내 사랑 용융점은 턱없이 얕지

삼십 육 점 오도
낮은 온도에 녹아내리지
활활 불이 붙어 타들어 가지

인사동 길

꼭 필요한 무언가를 찾는 듯이

종각역부터 비끼는 걸음이

두리번거리다 안국역까지 걸었다

갤러리 들러 그림이나 볼까

찻집에 앉아 차향에 젖어나 볼까

쌈지길 들러 구경이나 해볼까

전통 부채 사 들고 바람이나 부쳐볼까

오가는 사람, 기웃거리는 사람

만지작거리다 놓고 가는 사람

주저 없이 전통물건을 사드는 이국 사람

단체여행이 분명한 외국인 또 외국인

길가 돌의자에 앉는다

시선이 머무는 자리

보이지 않던 간판들이 보인다

천국으로 여행 떠난 시인을 생각한다

둘이서 무작정 걷다

젊은 화가 기발한 그림에 흠씬 젖어 감탄하다

조계사 법당 앞 발길 멈추던 시인

남겨진 사진 몇 장 들춰본다

뇌조에서, 전통찻집에서 소통하던 시인들
시가연에서 시 낭송에 젖어 가던 시인들
불현듯 소환해 본다
시간아, 멈추지 않는 시간아
까마득히 멀기만 하던 세월이 어느새 달려와
생각에 생각을 당기다 밀어낸다
길거리 앉아 불러오는 얼굴
변하는 것은 나만이 아닌가 보다
인사동 전통문화의 거리
여름 바람 끈적거린다

독도, 그 섬에 갔었다

거친 동해 우뚝이 서 있는
버려지지 않은 섬
수심 깊이 밑동을 박고 당당히 서서
시시각각 탐하는 무리가 자기네 땅이라 우겨도 끄떡 않는
대한민국 동쪽 끝 땅, 독도

그 섬에 갔었다
숱한 시인과 뭍사람이 노래하고 자랑하는 섬
올곧게 지키고 섬겨야 할 동도 서도
89개 바위섬

굳건한 지킴이 눈 부릅뜨고
촌치도 허락하지 않는 불굴의 기백이 서린
바닷길 밝히는 천혜의 인도자
오롯한 섬 독도

비바람 거세다
하늘은 흐리고 얼굴을 후린다
꾹꾹 눌렀던 뜨거움이 빗물이 된다

저 웅장함을 어찌 외롭다 하는가,
몸 낮추고 사는 질긴 생명을 품고 있는 위대함이
놀라운 신기로 흐른다
하늘 우러러 하나하나 품는다

비바람은 너의 독설이다
범하지 못하는 외침이다
두고두고 회자 될 역사다

독도,
당당한 대한민국 주권이다
끝끝내 태극기 펄럭일 시금석이다

독도,
오늘 나는
천년만년 영원할 큰절을 올린다

가을의 샹송

애 넘는 기타 선율 가을빛 너울거린다
가을을 타고 오는 목소리
파리의 거리를 거닐듯 샹들리에 흐르듯
낙엽 고독 그리움
지워지지 않는 영혼의 아픔
전설처럼 살아오는 에디트 피아프 사랑의 찬가
쎄시봉, 쎄시봉
나를 꼬옥 안아줘
피노키오, 떠난다는 말은 하지 말아줘
빨간 잎새 바람 따라 가버리는
가을 숲길을 걸으려네
어느덧 가을이 저물면 하나둘 나리는 눈
나는 하얀 하늘로 가려네
나리며 오르며 노래하며 춤추겠네
지워지지 않는 노래를 부르겠네
노을 물드는 몽마르뜨 언덕, 하얗게 걷겠네

제4부

강과 나무

약삭빠른 나를 용서하지 마라
그러나 오늘 이 순간은 허락해다오
옥잠화 품처럼 어우르게 해다오

아침 산책

매일 아침 걷는 공주대 캠퍼스
사계절을 느낄 수 있는 풍경이 있다
간호보건대학 앞 큰길로 들어서면 은행나무길
이른 새벽 싱싱한 공기를 들인다
마스크를 쓴다
자주 만나는 노부부와 눈인사를 나눈다
스물 댓 걸음부터 마스크를 만지고
도로로 내려와 비껴가는 젊은이
수북이 뱉어놓은 은행알이 뒹군다
길바닥이 노랗다
역한 냄새가 비위로 오른다
갑자기 쏟아진 중추우仲秋雨 저리도 매몰찼다
주렁주렁 달린 감은 가을의 귀공자
감꽃이 피던 날부터
파랗게 커가는 너를 보았다
손이 닿지 않는 거리만큼 떨어져 웃는다
노르스름한 잔디가 좋다
흔들의자에 앉아 앞산을 본다
공주대 마크가 새겨진 타워가 웅엄하다

느티나무 커가는 캠퍼스
동녘 하늘이 붉어진다
아침햇살이 산을 타고 오른다
작은 동산 소나무 검푸른 몸을 쓰다듬고
화백 나무숲으로 간다
금강,
푸른 물빛이 반짝거린다
비로소 심호흡을 들이고 강으로 스며간다

익모초益母草

백로가 날아오르는 강은 오래전부터 내 것이었다

새벽안개 자욱하고
물고기 뛰어오르는 상쾌한 아침
가을바람 살갗을 스치면 부스스 눈을 뜬다
귀뚜라미가 운다, 풀벌레가 운다
가을이 운다

연미산 꼭지는 구름에 숨겨두었다
고마나루 솔들도 기지개 켜고 일어선다

강가 언덕이라 좋다
강물이 흐르는 소리는
잔잔히 일렁이는 태고의 소리

강이 숨을 쉰다
물고기 뛰노는 강
아낌없이 너에게 주고픈 강
층층이 피우는 꽃은 너를 향한 구애

한 번도 잊은 적 없다

너를 위해 존재하는 붉은 꽃

바람에도 흔들리지 않는 고집으로 산다

금강錦江

어스름 산 그림자 내려와 물이 되었지
자그마한 샘물 뜬봉샘
내딛는 걸음 주춤거리면
괜찮아, 새벽은 용기를 주고 빛을 주었지
이 골에서 오는 이
저 골에서 오는 이
함께 어울려주면 힘이 났지
도랑이 되고 냇물이 되고 호반이 되고
어느덧 하나 되는 흐름은 강이 되지
금강이라 하고 적벽강 웅진강 백마강이라 하다
끝내 금강이 되는 강
무작정 달리는 것은 아니지
굽이굽이 휘어 돌다
산세에 취해 쉬기도 하고 숨 놓고 놀기도 하지
세월이 아프면 출렁거렸지
하늘의 놀이는 부침浮沈의 놀이
기록되지 않은 역사는 전설인 게지
돌고 돌아 흐르고 흘러 천릿길
거침없는 달음질은 미르의 웅엄이지

구석기로 백제로 흘러도
신라 고려 조선이 되어 흘러도
멈추지 않은 강
일제강점기 때는 서슬 삭힌 채 흐르기도 했지
절규는 분노였지
비로소 오롯한 흐름이 된 강
윤슬은 기쁨으로 어우러진 휘파람을 부르지
보게나, 억만 겁 끊임없이 흘러온 강을,
지치지 않는 길고 긴 호흡
장쾌하게 흐르는 강을
금강, 너는 멈춤 없이 흘러야 한다

달집 하늘 보내기

정월 대보름 마지막 절정
소원지 빼곡히 달았다
풍물패 사물 마당은 풍년과 소원을 기원하고
농자천하지대본
코로나 없는 건강한 세상
달집 염원 달 타고 오른다
제발, 깨끗해지기를
입가 띤 미소 볼 수 있기를
너의 열정 나의 열정 불길로 타오르기를
꽹과리 드높으면 춤추는 장구
북소리 어우러진다
불이 춤춘다
쿠우웅, 징 소리 땅을 깨운다
액운이 타닥 탁 몸부림치다 흩어진다
솟아오르는 불 오름
둥근달로 가는 뜨거운 불길
너와 나의 소망 달빛 타고 오르나니

보뚝길 각시바위

무주 금강 벼룻길은 마음 풀고 걸어야 한다
굽이굽이 흘러가는 강물 따라
강이 되어 걷는 마실길

좁은 길 발밑은 아찔하고
비탈길 돌아서면 설움 덩이 하나 용추로 선다

끝내, 각시는 바위가 되어 저리 설운가
정과 망치로 뚫은 굴
길이 되었나니

섧은 날 기다림
솔가지 끝 올랐어라
강물아, 넋 띄워 흐르자 한다

묵은 앙금 도화로 피어도
검은 그림자 드리운 강
품을 수 없는 강물은 뒤도 없이 흐르나니

강과 나무

　바람처럼 자유롭고 싶은 날 강가에 서면 흘러가야 하는 것을 안다. 끊임없이 흐르는 강물은 자유다. 하염없이 흘러가는 나를 만난다. 부대낌 없이 흐르는 나를 만난다. 흐르는 순간은 망각의 시간, 철저한 독립이다. 밀고 밀어주는 물과 물은 자존의 독립이다. 공간을 채워주는 강물은 새로운 동력이다. 강으로 가는 날이 많아질수록 자유로운 나를 만난다. 흘러가는 것이 어디 강뿐이던가. 묵묵히 흐르기만 하면 되는 강이 내게로 온다. 우뚝한 느티나무에 손을 얹는다. 바람이 불면 부는 대로, 흔들면 흔들리는 대로 나무는 서 있다. 언덕비탈 버티고 선 나무가 우렁차다. 얼마나 오랫동안 있었을까. 상관없는 일이다. 우뚝이 자라고 우뚝이 있으면 되는 일이다. 비바람 불어오고 눈보라 거세도 창창한 몸울울하게 키우면 되는 일이다. 시간은 나의 것이다. 꼭꼭 숨긴 것 털어내고 높이 솟아오르면 되는 일이다. 꾹꾹 채워두면 흔들려도 무너지지 않는다. 곁가지가 뭐라 해도 자랑스럽게 구름과 바람을 불러오면 되는 일이다.

내게로 온 강이 나무를 키운다. 강과 나무는 하나가 된다. 강은 생명수를 주어 나무를 키운다. 나무에 숨어 사는 생명이 지난한 것도 옹골진 삶이다. 강과 나무는 어우러 산다. 너와 내가 그러하듯이.

창벽蒼壁

중국 후베이성에 적벽赤壁이 있다지
양쯔강 남쪽 강가 붉은 절벽
조조의 이십만 대군이 화염에 휩싸인 강
도도히 흐르는 장강長江 양쯔강은 전설의 강이라지

서거정이 적벽에 비견했다는 창벽蒼壁,
공주 청벽산 금강 가 절벽 앞에 선다
끊김 없이 솟아오른 암벽
계룡산 영험이 뻗치다 뚝 잘려나간 낭떠러지
청청한 소나무 굳건히 서 있는 암벽
검푸른 절벽 끝없다

무릇 청벽靑璧이라 부른다는데
청벽산 전망대 강 노을은 장관이라는데
강가 백사장에 서서 바라보는 창벽
아득한 산을 올려다본다

선인은 유유자적 뱃놀이 즐겼다지
주거니 받거니 술잔이 취하면
오가는 시 한 수 산수를 읊었다지
산수도 뱃머리 하얗게 내게로 온다

하얀 구름 붉게 물들이고
노을 물든 빛살 구름
산을 누이고 절벽을 강으로 앉힌다

휘어져 가는 강
억만년 전 나는 떠가고
석장리 구석기로 흘러가는 홀릭은 영겁이다

장깃대 나루터

공주 시목동 비선 거리
장깃대 깃발 펄럭이는 날은
망나니 칼사위 번뜩이는 날
하늘로 강으로 서슬을 후워이 날리고

펄럭펄럭 흔들리는 깃발
바람은 몰아치다 사그라들고

물안개 피어나는 나루터
뱃사공 헛기침 강으로 흐르면
나룻배 오르는 길손
공주목公州牧 들러 막걸리 한 잔
축이지 못하는 속내를 강물은 알까

옥룡동에서 시목동 가는 한양길 나루터
뱃사공 힘찬 팔뚝 불거지고
어기여차 노를 저으면 금강이 당겨온다
한 폭 정물화
초목 잎새 싱그럽다

오늘은, 공주대교 씽씽 차는 달리고
물새 날고 물고기 뛰놀고
따스운 바람 느슨느슨 불어오고

노니는 청둥오리
하얀 억새꽃 흔들거린다
봄빛 바람 꽃비로 불어온다

깃발처럼 흔들거리는 그림자 하나

퇴석退石 누운 자리

얼마나 오랫동안 버려졌던 것인가

얼마나 오랜 인고로 잠들었던 것인가

고갯마루 산 중턱 초연히 누워

바람과 초목 어둠을 끌어안은 임이여,

허물어진 제단석 덜렁 하나 놓아두고

둔덕처럼 누워 키운 아까시

몸뚱이 보시 되어

풍류 나누는 벗으로 품었을 것이다

일동장유가日東壯遊歌 우렁차거늘 무릉은 어디 가고

가는 길도 힘든 골짜기 퇴석退石 하나

논에는 잘린 벼포기

물기 질척이는데

주인 없는 묘지 침묵이 흐른다

박힌 나무뿌리 눈물이 난다

팔도로 두루 놀아 명산대천 다 본 후에

풍월을 희롱하고 금호에 누운다더니

평생에 소활하여 공명에 뜻이 없다더니

임이여, 누운 자리 세한世恨이 깊다

비단강 바람은 불어오는데

무릉도원 갈바람 불어오는데
조선통신사의 길 소소히 따라 걷네

강은 흘러야 한다

북한강을 찾곤 했었다
거대한 강이 합쳐지는 양수리와
두물머리 당산 느티나무
다산생태공원을 찾아 걷는 걸 좋아했다

서울 도심 한강은
특색있게 가꾸어놓은 강변공원이 있어 좋다
볼거리와 쉼터를 제공해주는 한강은
기적이 분명하다

강은 새로운 것을 찾게 해준다
똑같은 모양으로 흐르는 것 같아도
다르게 흐르는 강
자신을 숨기지 않는다

무주에서 금강을 만나고
옥천에서 금강 길을 걸었다
공주에서 틈만 나면 금강을 걷는다

흐름을 알게 하고 삶을 알게 하는 강
변형시켜도 강은 강인 채 흐른다
변하되 변하지 않는다
손으로 만져볼 수 있는 금강이 좋다

강은 흘러야 한다
변함없이 강은 흘러야 한다
오늘은 어떤 표정으로 흐를까 궁금해지는 강
나는 지금 강으로 간다

알리움 피던 날

보랏빛 물든 날은
그대 안에 머무르면 좋겠습니다
무한한 공간 끝없음이
채울 수 없는 빈 곳이라 해도 괜찮습니다

흘러가는 강물이 덧없을지언정
사그라드는 맘과 같겠습니까
달려가지 못하는 몸
천추로 남을 수 없음입니다

지우지 못한 환영이
들녘을 달리고
산을 넘고 강을 달려 내게로 옵니다

혈을 토하던 별 하나
서럽게 울더니
온통 핏물이 들었습니다

오늘은 보랏빛입니다
그대에게 가는 오늘은 보랏빛입니다

먹구름 몰려와 비를 뿌립니다
괜찮습니다
나는 이미 그대 안에 있으니까요

수촌리 고분군에서

서산마루 붉은 해 머물다 가라앉는 시간
여보게, 저 너머 서역 만 리 서방정토 있지 않겠는가

수촌리 들녘 흐르는 정안천 금강으로 가고
금강은 흘러 서역으로 가고
여보게, 차마 물들어 서방정토 간다네
귀중한 부장품 품어간들 어디다 쓰겠는가
천년을 눕고 또 천년을 누워 삭히어진 뼈마디
하나 옥돌이면 좋겠네

여보게, 노을빛 타는 것은 내 심장 타는 핏물
뿌릴 대로 뿌려 붉게 붉게 태우려네

바람이 부네
천태산 훑고 온 바람 나를 깨우고
가만가만 내리는 땅거미 소리 없이 앉는다네

지금은 조용히 기도하는 시간
여보게, 서역 만 리 종소리는 울렸는가

하모니카 희열 한 잔

청포도 굵어가는데 백합은 피고
붉은 나리 도라지꽃 환하게 핀 화단
여름이 앉는다
해맑은작은도서관 책 꽃 향
마음이 앉는다
작은 마음 작은 생각 작은 포부 작은 봉사
시가 열리고 문학이 열리고 인문이 열리고
마음 놓아두는 가슴이 열린다
얼굴 환히 피는 작은 마을 수촌리
곡조를 타고 넘는 하모니카,
추억을 담고 사랑을 담고 파도를 담고
백조의 호수를 걷는 여인이 온다
예스터 데이, 렛 잇 비를 흥얼거리고
헤이 쥬드에 빠지던 날이 있었다
내 나이 서른 즈음에 무엇을 했던가
러브스토리, 하얀 눈이 아려온다
하모니카 희열 한 잔 무심한 세월을 나무라고
쉼 없을 내 마음
노을 물드는 뱃머리 하늘을 펼친다

화백花栢 나무숲에서

엘리자벳,

찬바람 쓸고 가는 날은 눈 밖에 두었다
봄바람 불던 날은 거들떠보지도 않았다
하얀 목련에 마음 뺏기고
화려한 벚꽃에 홀려 버렸다
연두가 녹빛으로 변해갈 즈음 빨간 장미
맥없이 중독당한 것은 사실이다
꽃양귀비 손짓하던 날
줏대 없이 벗어준 옷가지
벌거숭이 되어도 좋았던 것도 사실이다
꽃 지고 햇살이 머리를 쪼아댄다
넋 잃은 접시꽃 뚝 떨어진다
퍼뜩 스치는 간사한 생각이 화백 나무숲에 멈춘다
화백花栢
간다, 무작정 간다
땀줄기 손수건에 넘겨주고 숲으로 간다
선들선들 바람이 온다
약삭빠른 나를 용서하지 마라

그러나 오늘 이 순간은 허락해다오
옥잠화 품처럼 어우르게 해다오
나는 이미 너의 침향에 점령당한 포로
민낯이 되어버린 나약한 포로인걸
기신기신 잠들게 하누나

해오름

어둠 속으로 빨려가고 있었다
심해 깊숙이 빠져가는 나를 보았다

눈이 내렸다
하얀 눈이 길을 덮고 지붕을 덮고
나무마다 꽃을 피웠다

털벙거지 쓰고 길을 나선다
여직 떠나지 못하고 있는 둥근달
한해의 끝과 시작을 달려왔으리라

거리는 움츠리고 있다
모자와 마스크 사이 빈 곳을 도발하는 바람
푸르스름 하늘이 열리고
도시가 깨어난다

물안개를 피워내는 강
떼 지어 헤엄치는 청둥오리 잠을 털어내고
하늘이 붉어진다
빛이 오른다
붉게 솟아오르는 새 빛

오늘은 오늘의 태양이 떠오르고
하늘은 붉다
어둠을 헤치고
깨어나는 나를 만난다
멈추지 않을 희망을 만난다

오, 솟아오르는 것은 내 자신이었음을!

제5부

순환

비가 온다
천사의 눈물처럼 빗물이 내린다
산을 적시고 계곡을 만든다
오월이 오면 아카시아꽃이 피리라

어떤 날

보신각 종소리를 들을 수 있는 날이었다
인파는 종로 거리를 가득 메우고
들떠 있는 풍선과 같았다
날아갈 것만 같은 어떤 날
카운트다운이 시작되고 종이 울린다
종로가 하늘로 오른다
서울이 떠나간다
새해가 온 어떤 날
이루지 못한 묵은해를 보내고
나는 새로운 것을 이루리라 다짐했다

시간은 찰라라 했던가
순간이동처럼 다시 여기에 선다
변하지 않았을 건물이 저렇게 컸던가
조그맣게 보이던 종이 저렇게 컸던가
무궁화 꽃 한 송이 초연하다

하늘 푸르른 날 보신각이 나를 만난다
파루罷漏와 인정人定은 때를 알리고
불교 33천天, 별자리 28수 울고 울었다지
흥망성쇠는 청계천으로 흘러가고

종이 울린다
세상이 바뀌던 어떤 날
쿠웅 울리던 종소리 들려온다

시간은 촌음이 분명하다
팔팔하던 청춘 어디 가고
잉어 한 마리 어슬렁어슬렁 헤엄쳐 온다

백담사百潭寺

님만 님이 아니라 기룬 것은 다 님이라는 만해 앞에서
나룻배와 행인을 읽는다
언뜻언뜻 보이는 푸른 하늘은
누구의 얼굴이냐 물었던 설악 하늘
보이는 것이 선이요 행이면 속자의 우매려나

귀하고 좋은 곳은 선사가 먼저 아는 법
설악산 골짜구니 밤이 오면 산새는 잠들고
파고드는 귀촉도 산짐승 울음소리
빗금 지는 별똥별 쏟아지면
영영 오지 않을 것 같은 님이 얼마나 서러웠겠는가

극락보전 법당에 엎드려 연화 향초 올린다
천년 별빛 법당을 맴돌고
수없이 두드리는 몸탁

설법이 무엇이며 천리향이 무엇이던가
공룡능선 뛰놀지 못하는 무거운 몸
설악 하늘 오르고 오른다
끝없는 수평선 지난히 헤맨다

말없이 서 있는 영실천 돌탑
씻고 씻어내는 온 마음
무너질세라 돌탑 하나 쌓는다

도무지 알 수 없는 님의 마음
흐르는 물은 지침 없이 흘러가고
깊은 산 저만치 물린다
알 수 없어요를 뇌이다 나는 침묵한다

춘몽春夢

서울 가면 경복궁을 심중 깊이 담아야 하지
북악산 인왕산 지근에 놓고
남산을 불러오고 관악산 데불고 와야 하지
용머리 꿈틀거리는 근정전
만조백관 조아리는 어좌는 거룩하고
태산보다 높아
위엄의 용안 감히 볼 수 없음이지
강녕전 교태전 지나거든
한 서린 아미산 숙연히 머리 숙이고
향원정 호젓하게 마음 눅이다
경회루 연못 속정 씻어내듯 걸어야 하지
어디 태평성대만 있었겠는가,
허무한 조선을 하냥 하냥 걸어봐야지
권세가 나를 부르면 못 이기는 척
감투야 쓰겠지만, 구중궁궐 숨 막혀 견디지 못할 일
바람처럼 구름처럼 떠돌다가
마포나루쯤 발 담그고
한 잔 술 권커니 받거니 농이나 하였으리니
언감생심, 뜨거운 여름날 춘몽을 꾼다

오카리나

춤을 춘다
파란빛 공명으로 속살거린다

영혼을 울리는 맑은소리
흙의 노래를 들어보아

청록빛 흙 피리 소리
마야에서 날아온 거위의 노래

춤을 춘다
맑은 하늘에서 나는, 나는

소주

카아, 소리도 근사하게 목을 넘긴다
거침없는 질주는 뿌리를 향하고
소용돌이치는 전율이 온몸을 깨운다

이놈 참 묘하다
맑은 물빛이 독을 섞어 지배하는 묘수를 부리고
빠져들어 가는 영육이 신을 모시듯 하라 한다

맑은 아침 이슬을 섞었으리라
신선한 천수 한 방울 뚝 떨어뜨렸으리라
죽어도 못 잊을 첫사랑
그녀의 입김이 스몄으리라

움찔, 몸서리치는
원초적 입술 향을 마신다
휘젓는 너는 어쩌지 못하는 연인이다

장미 2

비가 내려요
남들은 저를 오월의 여왕이라고 해요
눈물을 흘리냐구요?
비 님의 흔적을 남겨두는 거예요

비는 저를 기쁘게 해요
온몸이 촉촉이 젖어 들거든요
이런 날은 간지러워져요
비 님이 오시는 날은 간지럽기만 해요
붉어지는 것을 어쩌지 못해요

어쩌지요?
자꾸자꾸 건들바람이 불어와요

산수유

수유야,
섬진강 휘돌아 가는 강물이 그립거든
치맛자락 부여잡고 성긴 맨발로
밤새워 지리산을 뛰어다니는 미친년처럼
묵은 상처는 흙에다 쓱쓱 비비고
단숨에
산 넘어 달음쳐 오너라
찬바람 못 미더워 망설여지거든
햇살 붙들고 부푸는 속 하소연하다 정녕
숨이 차 참말로 못 견디겠으면
뭉친 가슴 톡톡 터트리고
춘절의 전도사처럼 말갛게 그냥 오너라
노랑 불꽃으로 피는
순수한 그대로
그냥 오너라, 수유야

달짝지근한 날

여름이 오는 길목쯤 내리는 비
시원한 바람이 온다
얼굴 적시는 비는 간지러움이 아니다
보슬보슬 오시는 비
조금씩 하늘로 오르는 나를 만난다
비가 되어 비로 내린다
혀끝에 닿는 빗물
어린 날 논두렁 길
들떠 뛰던 달콤함이 신기루처럼 살아온다

순환

나는 구름이었다
어느 때는 실구름이었다 어느 때는
꿈을 좇는 뜬구름이었다 뭉게구름이 되곤 했다
그러다 몸이 무거워지면 빗물이 되는 것이었다
자유롭게 하늘을 나부끼고
들로 산으로 달음쳐 내려갔다
때로는 감미로운 는개로
어떤 날은 촉촉한 이슬비로
마음 상하면 굵은 비로 퍼부어 내렸다
후련했다
무거운 몸을 털어내는 유영은 자유였다
냇물이 되었다 강물이 되었다
거침없이 맘대로 흘러갔다
멈출 수는 없었다
비집고 나가는 비법을 터득한 것도 그때였다
멈추지 않았다
이윽고 바다에 다다랐을 때
가장 큰 나를 만났다
망망대해를 출렁거렸다

품을 수 있는 모든 것을 품었다
그러던 어느 날 하늘로 올라갔다
버릴 수 없는 고향
하늘은 나를 안는 것이었다
그냥 안겼다
그리하여 여전히 나는 구름이다

빗물

먹지 마세요
절대라고는 하지 않겠습니다
미세먼지 섞이고 중화합 물질 품은 빗물
좋을 리 없잖아요?

문명이 발달하고 산업화하고
자동이라는 말을 흠모하는 우리는
생수 한 병쯤 지니지 않으면 안 되잖아요?

대동강물 팔아먹었다는 옛사람
콧방귀 뀌었는데
자연스럽게 생수병 집어 드는 무심한 안심을
나는 탓하지 못합니다

옥상 텃밭 가꿔봐요
빗물도 받아두고 상추 고추 가지 토마토 감자
마음에 드는 꽃씨도 뿌려 환하게 피워 봐요
어때요? 푸름이 마음에 들지요?

빗물을 모아봐요

맛이 어떤지 먹어봐요

절대 후회하지 않을 겁니다

하늘물

언제부턴가 비를 맞으면
안 된다고 했다
머리가 빠지고 피부가 상한다고 했다
빗물에는 산성이 섞여 해롭다고 했다
그렇게 믿고 그런 줄 알고 살았다

"하늘물을 모아봐요 요렇게"
빗물 박사 한마디
잊고 있었던 나를 찾아 여행을 떠난다

논물이 찰랑거리고
벌거숭이 물장구치던 철부지
송사리 미꾸리 내 몸을 스쳐 가면 신기해하던
어린 시절로 여행을 떠난다

쏟아지는 빗줄기 흠뻑 맞고
신나게 뛰던
팔 벌려 안아 들이고
양손 모아 받아먹었던 빗줄기, 빗물

비가 오면 삽 들고 논으로 갔다
논물 터놓고 논두렁 탁탁 다져야 했다
옆집 논두렁 터질 듯하면 물꼬 터줘야 했다
물은 넘치고 세상은 하나였다

요즘 내리는 비는 산성비라 한다
얼마나 해로울까?
산성비의 농도와 인체의 농도
호흡과 식용의 차이는 무엇일까?

어디서부터
언제부터 나는 세뇌 되어 왔는가,
비로소 잊고 있었던 나를 찾아 제 자리로 돌아온다

빗물, 버리지 못하는 추억
사랑이었음을,
수촌리水村里 하늘 하얗게 다가온다

산 촉촉 비는 내리고

봄꽃이 핀다
화려하고 미치도록 좋다
진달래 개나리 목련이 환장하게 좋다
봄꽃이 피면 국외자처럼
긴장 끈 옭아매 조이는 사람이 있다
봄꽃은 일별로 흘려버리고
오직 하나 아카시아꽃을 기다린다
아카시아꽃이 피기를 기다리는 사람들
봄밤을 설치는 사람이 아카시아꽃을 기다린다
꽃이 아름답고 향이 좋아서가 아니다
오월이 되면, 아카시아꽃이 피면
산불이 일어나지 않는 까닭이다
버티기 힘들 만큼 거세게 몰아치는 산바람
낙엽을 날리고 나무를 휘감아 비비게 하는 산바람
어느 순간 밑불이 되어 나무를 태우고
산을 태우고 화마로 변해 능선을 달리고
하늘을 달리고 이 산 저 산 불구덩이 만드는 산불
가혹하리만큼 집어삼키는 시뻘건 불길
처절한 몸부림으로 죽기 살기 맞서는 사람이 있다

산림청 헬기는 잠자리 한 마리일 뿐

오로지 육탄으로 맞서던 사람

허탈하게 냇가에 앉아 흘리는 눈물을 보았다

누구의 죄도 아니다

누구의 잘못도 아니다

수십 년을 자란 나무가 몸서리치게 아픈 까닭이다

푸르른 숲을 잃어버린 슬픔이 절망인 까닭이다

시커먼 등짝을 죽은 듯 내보이는 산

사월이 아프다

허망하게 아프다

비가 온다

천사의 눈물처럼 빗물이 내린다

산을 적시고 계곡을 만든다

오월이 오면 아카시아꽃이 피리라

산불에 멍든 육신도 정신도 온전하게 피리라

비가 내린다

산이 촉촉이 젖는다

그냥, 쓸려 내리는 빗물이 어디론가 가버린다

물모이

통나무 나뭇가지 툭툭 걸쳐 놔봐요
비가 내리면 고일 수 있게 만들어봐요
많이 모이도록 만들지 않아도 돼요
군데군데 만들어봐요
작은 양이어도 괜찮아요
산이 촉촉해지고 스며들면 지하수 되니
말라가는 토양 힘을 얻어요
나무는 물기를 얻어 싱싱해져요
산사태 홍수도 예방되고 산불도 예방돼요
숲은 울울하게 커갈 거예요

빗물저장소 만들어봐요
먹자고 하지 않아도 돼요
화단에 꽃밭에 마른 땅에 주면 돼요
변기에 연결해서 사용할 수 있으면 더욱 좋아요
하늘이 주는 공짜 선물 모아봐요

비 님이 오시면
양팔 벌려 기쁘게 안아드려 봐요

충무로 비는 내리고

매섭게 내리는 빗줄기
요란한 빗물 쏟아져 내린다
우산을 펴들어도
바람 몰아 빈 몸을 때리는 충무로 거리
대한극장 앞 나는 서 있다

강렬하게 오던 눈빛 그녀,
내일은 내일의 태양이 뜬다고 했다
노을 없는 충무로
바람과 함께 빗줄기는 사라질 것이다

무섭게 빗방울 퉁기는 충무로 거리
바짓단 흠뻑 젖고 온몸이 젖고
무너지는 하늘처럼
나는 무너져 떠나지 못하겠다

행운아

마음이 가라앉고 편해지는
미소 띤 그대 얼굴에는
행운을 주는 사람이라 적혀있습니다
또랑한 목소리 물빛으로 오고
손짓 하나 몸짓 하나 놓치지 못합니다
비가 와도 좋겠습니다
바람 불어도 좋겠습니다
그대에게 가는 길은 멀어도 좋겠습니다
부러울 게 없습니다
그리하여 파란 하늘 청운이 됩니다

남한강 스며드는 길

남한강 자전거 종주길 양평쯤
비에 젖은 나뭇잎 떨어진 길 가을이 깊다
온종일 내린 비 가을이 져가고
푸르스름 강을 깨우는 새벽
벚나무 가지마다 서러운 눈물 맺혔다
몸이 무거워지면 버리는 것을 알아야 하듯
하나둘 버리고 보내는 것이랴,
가을바람 강으로 가고 길은 멀리 숨는다
우비 쓴 자전거 소리 없이 가을 속으로 사라진다
빗소리 온몸으로 오고
강으로 스며가는 정물화

낙엽처럼 가을 속으로 나는 스며든다

순수의 기억

최대승 지음

발 행 처 · 도서출판 청어
발 행 인 · 이영철
영   업 · 이동호
홍   보 · 천성래
기   획 · 남기환
편   집 · 방세화
디 자 인 · 이수빈 | 김영은
제작이사 · 공병한
인   쇄 · 두리터

등   록 · 1999년 5월 3일
(제321-3210000251001999000063호)

1판 1쇄 발행 · 2022년 11월 25일

주소 · 서울특별시 서초구 남부순환로 364길 8-15 동일빌딩 2층
대표전화 · 02-586-0477
팩시밀리 · 0303-0942-0478

홈페이지 · www.chungeobook.com
E-mail · ppi20@hanmail.net
ISBN · 979-11-6855-097-1 (03810)

충청남도   충남문화재단
본 도서는 충청남도와 충남문화재단의 후원으로 발간되었습니다.